Wanderschaft

Oskar Loerke

AF398248

copyright © 2023 Culturea éditions
Herausgeber: Culturea (34, Hérault)
Druck: BOD - In de Tarpen 42, Norderstedt (Deutschland)
Website: http://culturea.fr
Kontakt: infos@culturea.fr
ISBN:9791041939367
Veröffentlichungsdatum: FEBRUAR 2023
Layout und Design: https://reedsy.com/
Dieses Buch wurde mit der Schriftart Bauer Bodoni gesetzt.
Alle Rechte für alle Länder vorbehalten.
ER WIRT MIR GEBEN

Der dunkle und der lichte Gott

Berlin zermahlt die Nacht mit Lärm und reckt sich

Wie zähnebleckend, wirft das ungestüme

Geleuchte blakend meilenhoch, schwillt, streckt sich

Im Ruß zu rotem Götterungetüme.

Und diesem Gott im Rachen sitzt ein andrer,

Stolz, golden ganz, nicht wie ein Untertane.

Du, alter Lichtgott, kamst, ein weiter Wandrer,

Aus Ost, vom stillen, großen Ozeane.

Das Völkerkundehaus, nachtstill im Treiben,

Voll Tand von allen Erd- und Wasserkanten,

Beherbergt hinter großen Vorraumscheiben

Dich goldenen, gelassenen Giganten.

Bist du nun wirklich Licht in deinem Wesen,

So quill durch unsres Gottes dunkle Meilen:

Und bist du Gott, Asiat, so kannst du lesen,

Was unsrer schreibt auf ebnen Asphaltzeilen.

Denn unsrer lebt in großen Schriftfiguren,

Die wild gezirkelt durch die Straßen pflügen,

Er schreibt und schreibt: mit Künstlern, Fürsten, Huren,

Mit Wiegen, Särgen, Karren, Autos, Zügen.

Lichtgott, du schweigst. Du läßt dein Gold umfloren

Von halben Schatten, träumst als wie im Hafen.

Betäubt sind deine großen blanken Ohren,

Und deine Beine schwer und eingeschlafen.

Dich anzuschauen kommt nur müdes Leben:

Zu deines Käfigs großen Scheiben trotten

Die ärmsten und die kränksten Dirnen, kleben

Vorm Leib dir gleich verschlafnen großen Motten:

 Vom Mahlen steinerner Musik durchdrungen

Wie von Europas hartem Ohrenklingen:

Kaum regt ein Atmen noch die matten Lungen,

Die großen Ohrringe erbeben, schwingen . ..

Lichtgott, steh auf! Gib deine Hand den Blassen

Und führ sie aus verlärmten Häusernetzen,

Geh führend durch des Nachtgotts schwarze Massen

Und alles folgt von Straßen und von Plätzen.

Sprich doch: Ihr habt geschrieben und gelesen

Genug für heut an seinem dunklen Plane.

Nun kommt ins Licht und träumt mit allen Wesen

Von meinem großen stillen Ozeane.

Frühling um den Soldatenfriedhof

Ein Regen hat die Festung rotgewaschen,

Sie leuchtet wie Fanale.

Gewölk umschwebt sie dicht wie Dämpf und Aschen,

Und leuchtende Signale,

Vom Sturme in das blaue Tal verschlagen,

Sind wie der Furchen Aufgehn,

Erddüfte, die im Wind zum Himmel jagen,

Sind wie der Geister Aufstehn.

Die Friedhofsengel scheinen wie nach Geigen

Von ihrem Grab zu schreiten.

Die Mispeln tanzen in den nackten Zweigen,

Und die Soldaten reiten . . .

Der Traum

Ein Heer Marionetten

In Seide rot und blau

Bin ich. Wir tragen am grünen

Gesicht die goldne Augenbrau.

Sind seelenlos und töpfern,

Doch ziehn uns Fäden leis,

So müssen wir trunken zucken

Nach der beseelten Menschenweis.

So einmal tief verloren

An fremde Menschgestalt,

Beginn ich leicht zu wirken

An ihren Werken mannigfalt.

Hier mal ich Porzellane

Mit fratzenhaftem Band,

Dort zieh ich Blätter, Drachen,

Auf Rotgrund, den ich selbst erfand.

Hab Mandarinenstäbe

Mit seidner Troddelschnur,

Und zehn Provinzen Chinas

Erharren meine Sänften nur.

Prophetisch sprech ich schließlich,

Pupp in der Puppenschar:

»Wir kennen alles: Galgen,

Gebet, Brautbett und Totenbahr.

Drum, ob auch tausendjährig,

Fremdlinge überdies,

Wir können auch wohl spielen

Im silbernnebligen Paris.

Wir Tänzer, blank in Seide,

Im Innern unerhellt,

Wir spüren, in unsern Gliedern

Schläft jede noch so fremde Welt.

Gibts andre Dichter, Götter,

Vielleicht im Abendland,

Die weisen Glieder wissen,

Sie haben alle von je gekannt.

 Denn fremd ist nichts, was ewig,

Nur fremd manchmal sein Kleid,

Und uns soll nicht verwirren

Die formverwirrte Ewigkeit.

Uns Puppen hängt die Lösung

In einer Schnur aus Bast,

... Und manche Weisheit schaukelt

Am allerdünnsten Fliederast.«

Da scholls im Baum wie Kichern.

Die Schalke, Hohen sie?

Rotblaue Dolden tanzten

In langsamer Melancholie.

Graudenz

Ihr seht sie hoch am Strome thronen.

Eine Orgel spielt geheim.

Da wächst um Dächer, Turm und Bastionen

Wie Nordlicht weit ein Heiligenschein.

Die Glocken in den Glockenstühlen,

Sie tragen Sprüche in Latein,

Nun heben die an mit wunden Gefühlen

Zu sprechen im alten, heiligen Schein.

In roten verwitterten Toren sitzen

Kanonenkugeln aus Stein.

Draus fahren Tod und Not und Blitzen

Und kriegszerschmettert Gebein.

Ich klimme zu höchsten Turmesstufen:

Da schweigen die Sprüche aus Erz,

Und weithin grünen die Erdenhufen,

Und mein Strom rollt himmelher himmelwärts.

Die beiden unsichtbaren Heere

Da vor dem Fenster hängen Berge, Berge

Von Nacht. Sie taumeln düster durcheinander,

Zermahlen sich   da steigt ein Bergmann-Ferge:

Er gräbt sich durch des Dunkels Felsgewichte,

Sein grauer Mantel flattert nah und näher,

Nun stürzt er her, gelockt von meinem Lichte,

Und ist ein Schmetterling, wie eine Nonne,

Die ihrem Stift entfloh. Da tanzt sie gierend

Und scheu um die verglaste Lampensonne

Und nickt am Tischrand, bebt, wie wenn sie grüßte,

Ich sehe hinter ihr die Bergesnächte -:

Das Linnen wächst zum Schneefeld, wächst zur Wüste

Im starren Blicke und im kühlen Brande,

Der jäh in mir geheime Tiefen schüttelt.

Die Nonne sitzt am letzten Wüstenrande.

Was rinnt auf ihrer Hülle grauem Mehle?

Ein Licht ? Sie stiert, doch seh ich nicht ihr Auge.

Sie fragt, doch zugeschnürt ist ihre Kehle.

Und röchelt sie mit atemkalten Lungen?

Sie zittert wie vor riesigen Gesichten,

Sie bebt, umschauert von Erinnerungen.

Sie scheint uralt und wie von Runzelrillen

Zerfurcht am Kopf. Sie wiegt ihn, scheint zu suchen

Nach gleichem Alter, gleichem Grüblerwillen.

Sie bannt mich, zwingt mich in ihr dumpfes Leben:

Bin auch ein Wesen aus dem schwarzen Wahnsinn

Da draußen, könnte irr darin verschweben.

Mein Blut fährt dunkel weither, und am Rande

Des Lebens hebt es an sich zu bewegen,

Da glühts wie Umriß schleichender Gewande,

 Verlorne Stimmen sind da eingegraben

In einem blutig warmen Totengarten;

Die gehen um mit ihren Geistergaben:

Wer je und je geatmet und gehandelt,

Er hat in mir den roten Totengarten,

Er atmet noch, schlafwandelt, doch er wandelt.

Da plant der große Friedrich seine Kriege,

Ein Kaiser Roms spielt falsch und irr Theater,

Maria spricht zu Jesu in der Wiege.

Und andre noch darunter, leiser, grauer,

Und halb geahnte Echos, immer tiefer,
Sie glühen in mir seltsam alte Schauer.

Und alle steigen heute wie zur Sonne
- Ich zittere in einer Feuerohnmacht —
Und grüßen, die sie rief, die graue Nonne.

O, meine Ältermütter, welche Reise
Bis in mein Blut! o, meine Älterväter!
Wir Jungen, Glühenden, was sind wir Greise!

Hat denn mein Licht und Herz nicht einen Tropfen
Zu eigen, daß sie alle, alle, alle
In meinem Licht, in meinem Herzen klopfen?

So hebe ich die Hand, um dich zu schlagen,
Du graues Gegenüber! - bittren Neides:
Denn dein Flug hat nichts als dich selbst zu tragen.

Und Friedrich, Jesus und Maria beben
In meinem Arme mit, weil sie und alle
Und ich in meinem armen Schädel leben.

Doch zuckt die Faust und fällt auf dich nicht nieder.
Hast du auch ein Geheimnis zu bewahren?
Und scheu und langsam sinkt die Hand mir wieder.
Ich sehe wieder deine Runzelrillen
Am Kopf und weiß, das Ahnenalter in mir
Erwachte nur um deines Alters willen.

In dir auch wohnen Große deinesgleichen!
Wer waren sie? Ihr graues Heer ist in dir.
Du lebst, und also bist du meinesgleichen.

Und ahnungsvoll wirfts sich vor dir zu Füßen,

Erkennend, alle Kraft ist nur ein Gleichnis,

Das Heer der Geister in dir zu begrüßen.

Sie fragen dich, die mir im Blute wohnen:

Du bist vielleicht der Ältre, Größere

Als wir, die vielen Generationen ?

Du trägst vielleicht den größeren Totengarten

Im knochenlosen engen Brei des Körpers

Und in der stumpfen Haut, der graubehaarten. -

Und in der Nacht hebt sich ein großes Rauschen.

Das spricht: Die Kräfte bleiben nicht in Grenzen

Gezirkt, und Tier und Mensch und Pflanze tauschen.

Da fliegt die Motte in das Feuerklare

Und stürzt betäubt und ohne Laut zur Erde.

Ich mache meine zage Hand zur Bahre

Und trage sie, das Meer von Weltgeschichte,

Zum Rand der Nacht. Sie schwirrt, jäh aufgerichtet,

Durchs Fenster und entschwindet dem Gesichte.

Die Frühlingsfähren

Die Mühle zielt mit ihrem Flügel

Nach einem fernen Haselbusch,

Der Maulwurf gräbt und wirft den Hügel,

Als baue er den Hindukusch.

Und aller Bauern Güter gären,

Und alle Gärten kochen Seim,

Und rings gehn unsichtbare Fähren

In süßen Kurven nach Nirgendheim.

Im Walde springt es wie von Riegeln,

Da quillt das rote Harz vom Kien
Und hockt in Buckeln, Blasen, Spiegeln
An Stämmen, die gen Himmel ziehn.
Im Walde haust ein wildes Schwären,
Das rauscht bei Nacht wie offner Most,
Jetzt fahren unsichtbare Fähren:
Steig ein nach Süd! Komm mit nach Ost!

Wie Handwerksburschenträume tanzen
Die Wolken, seelenvoll besonnt,
Als berstend dickgefüllte Ranzen
Von Horizont zu Horizont.
Die Himmel werden weit und gären
Wie neuer Welten Sauerteig.
Hoch steigen unsichtbare Fähren
Entgegen jedem Zukunftsreich.

Die blaue Luft hat lauter Türen,
Und blaue Türen sind die Seen
In unsre Erde: sie verführen
Verliebte Menschen, einzugehn.
Und immer höher gehn die Fähren.
Mit Kraut verwächst, ein schlecht Idol,
Die Erde, doch von selgen Heeren
Schallts auf sie nieder: Fahrewohl!

Die Ströme ziehn wie blanke Seile,
Vor die ein Sturmpferd sich gespannt.
Und schleppen sie noch eine Weile,
So werfen sie ins Meer ihr Land.
Fast jeder keucht nach andern Meeren,
Die Wolga, der Guadalquivir.
Laß fahren hin, denn Himmelsfähren,
Gehn, Bruder, über dir und mir.

Nachtwanderung zu Tal

Die Erdmusik zog mich mit sanftem Ziehn

Dem Bache nach, der sich durch Erde fraß.

Tannzapfen hingen tausend über ihn

Wie Stundengläser, der Musik zum Maß.

Und eine Wehmut, fremd und unvertraut,

Betrat mich, kurz, doch schien sie wie ein Jahr,

Als rolle schaudernd über meine Haut

Der Sinn der Erde weh und unsichtbar

Aus allem, was in ihr begraben ist,

Und was in ihren blauen Wettern hängt,

Und was auf ihrem Markt zu haben ist,

Und was aus ihren harten Spunden drängt.

So schulterte, verwandelt, unsichtbar

Und süß die ganze Erde durch mich hin,

Und die Sekunde wird mir wie ein Jahr,

Darin ich selbst, wie Staub, verloren bin.

Und dennoch, nicht in dir ertrinken will

Ich, noch in dir verbrennen, süßer Hauch,

Geh von mir, werde in den Steinen still,

In Flügeln schaukle, sause fern im Strauch!

Ein Wind fährt graupelnd über meine Haut

Und schüttelt frühe Krähen aus dem Tann,

Und jene Wehmut, groß und unvertraut,

Ward wie der Bach, der mir am Fuß zerrann.

Die Erdmusik zog mich mit dunklem Ziehn

Dem Bache nach. Der fraß und fraß und fraß.

Tannzapfen hingen tausend über ihn

Wie Stundengläser, der Musik zum Maß.

Sonnwendlied der Vögel

Da oben geht ein goldnes Rad,

Das uns geweckt und befohlen hat,

Vor unsre Tür zu treten.

Und magisch singts mit unsrem Mund,

Als forschten wir nach allem Grund,

Urseher und Propheten.

Da oben geht ein goldnes Rad,

Geht um sich selbst, weiß keinen Pfad,

Wir wissens ohne Wissen.

Es steht in seinem großen Grab

Und bleibt darin und wartet ab

In blauen Finsternissen.

Da oben geht ein goldnes Rad,

Das warf uns hin auf seinem Pfad,

Geht um in unsren Seelen:

Wir sind in unsrem Nest und Grab,

Und mit uns ist und wartet ab

Das Lied in unsren Kehlen.

Da oben geht ein goldnes Rad,

Am Abend prunkts im Sterbestaat,

Der ist wie rote Seide.

Und so wird unsrer Neste Stroh,

Und unsre Schnäbel werden so,

So rot als wie von Leide.

Da oben geht ein goldnes Rad,

Das hat in jeder Furt sein Bad

Und trinkt aus allen Krippen.

Das Rad, das liegt auf unsrem Mund,

Wir singen uns an ihm noch wund

Wie unsre Mütter und Sippen.

Da oben geht ein goldnes Rad,

Das Erden zu Aposteln hat

Und alles auf den Erden.

Wir tragen all einen Mühlenstein,

Der Ast ist zu dünn, wir sind zu klein,

Wir werden müde werden.

Sternwissenschaft

Wie wäre meine kleine, arme, arme Welt,

Die zwischen Ripp- und Schädelrund gestellt,

Gedrängt, gequetscht ist, dunkel steigt und fällt,

Ein wenig seufzt und lacht, doch wie im Nachhall nur

Des Lebenssturmes draußen, der der Uhr

Von Sonnsystemen folgt, in langen Bändern

Von Ursach hängt und Ewigkeitskalendern,

- Wie war das Schattenspiel, der kurze Husch,

Denn mehr als nichts vor jenem blauen Busch,

Darinnen jede Blüte eine Sonn?

Ich schließe die Augen

In Blutes Andrang

Und sausendem Saugen,

Da ist es Weltanfang:

Keine Jahrtausende sind noch gewesen

Und keine Uhren wie Meer und Sand

Und Uhren wie Kriege mit blutigen Besen,

Die Uhr der Vulkane mit roten Laugen,

Die all aus unzähliger Menschen Vergessen

Geschichte gemacht und Geschichte gemessen,

- Ich bin am Anfang:

Ein brauner Brunnen ohne Wand,

Eine braune Wüste ohne Rand,

Eine braune Tiefsee ohne Wellen

Sinkt aus sich nach allen Seiten,

Reißt mahlend in sich fernere Weiten,

Wird riesenhaft im Auseinanderklimmen,

Können Kometen drin wie Fische schwimmen.

Schon reicht in keine Dimension

Ein Maß: Musik mißt die Weiten schon, —

Da blinzt mein Lid, ein wenig nur,

Ein Tröpfchen Lampenlicht quillt ein:

 Da fallen wie mit ungeheurem Krach

Jahrtausende aus Stein

Voll eiserner Scheren und eiserner Schur,

da trinken den braunen Ursee rein

Gebirge, Gesenke formenhart

Und Himmel mit buntem Wolkenhart

Und dies Berlin mit Dach an Dach,

Gestopft voll Menschen, Fach über Fach,

Mit Rädern gerädert, geschient mit Schienen,

Voll Kräften als Knechten, den Knechten zu dienen.

Und ich mit meinen paar Lebenstagen

Bin nur ein Fünkchen, vom Hufe geschlagen,

Es schrumpft mein Geschick und Mißgeschick

Zu einem zappelnden Augenblick.

Was gelten noch die wenigen Jahr,

Die mich wachsen ließen?

Was gelten noch die Menschen, die paar,

Die mich kommen und gehen hießen?

Es schreit in mir: warum kam ich jetzt?

Und wartete nicht

Jahrtausende noch?

Nicht bis zuletzt?

Warum früher nicht

In des Chaos brühendem Tropenlicht?

Zerrissen und schwankend geh ich vorbei

Mit einer gierigen Wollust, nach innen

Mich selber trügerisch auszuspinnen,

Mit Lichtlein zu leuchten in meinen Rissen

Warum ? warum ? und nichts zu wissen.

Seliger war ich am Ende geworden

An künftiger Planeten Borden,

Vielleicht als Alge in schwarzem Sumpf

In buntem warmen Düftebrei,

Mit hilflosen Gliedern, gedankendumpf,

Und Stund um Stund im Einerlei?

Wer weiß, war das Leben nicht dennoch mehr Glück,

Ohne Wunsch voran, ohne Wunsch zurück?

Wäre Sehnen mehr Erfüllung zugleich

Und im Wirklichen doch wie heute so reich?

Wäre Liebe und Zeugen mehr Versinken,

Geburt und Tod so sehr nicht Ertrinken?

Und wäre Ahnung Wissen mehr,

Und würd vom Grübeln nicht mühlsteinschwer?

 Kein Gebet und kein Gott, kein Eleison und Amen,

Keine Brüder, keine Namen,

Nur das Ich in grüner Säfte Gewühl,

Und doch das All gespiegelt, gehalten,

Ohne Trug und Deutung von Gestalten,

Das All im dumpfen Lebensgefühl.

So aber bin ich, stürze unterm blauen Busch,

Darinnen jede Blüte eine Sonn,

Als Nichts, als Husch

Davon, davon.

Und Uhren auch wie Ozeane

Wie Pestilenz mit blutigem Besen,

Die städtefressenden Vulkane,

Was messen sie?

Davon, davon!--

Gewesen! Gewesen - -!